bibliothek kubin

Gerhart Hauptmann

Fasching

Mit 13 Zeichnungen
von Alfred Kubin

Deutscher Taschenbuch Verlag

September 1980
Deutscher Taschenbuch Verlag GmbH & Co. KG, München

Umschlaggestaltung: Celestino Piatti unter Verwendung
einer Zeichnung von Alfred Kubin
Satz: IBV Lichtsatz KG, Berlin
Druck und Bindung: Kösel, Kempten
Printed in Germany · ISBN 3-423-02409-7

Gerhart Hauptmann
Fasching

Segelmacher Kielblock war seit einem Jahr verheiratet. Er besaß ein hübsches Eigentum am See, Häuschen, Hof, Garten und etwas Land. Im Stall stand eine Kuh, auf dem Hofe tummelten sich gackernde Hühner und schnatternde Gänse. Drei fette Schweine standen im Koben, die im Laufe des Jahres geschlachtet werden sollten.

Kielblock war älter als seine Frau, aber trotzdem nicht minder lebenslustig als diese. Er sowohl wie sie liebten die Tanzböden nach wie vor der Hochzeit, und Kielblock pflegte zu sagen: »Der ist ein Narr, der in die Ehe geht wie in ein Kloster. Gelt, Mariechen«, setzte er dann gewöhnlich hinzu, sein rundes Weibchen mit den robusten Armen umfassend und drükkend, »bei uns geht das lustige Leben jetzt erst recht an.«

Und wirklich, sechs kurze Wochen ausgenommen, war das erste Ehejahr der beiden Leute gleichsam ein einziger Festtag gewesen. Die sechs Wochen aber hatten nur wenig an ihrer Lebensweise ändern können. Der kleine Schreihals, welchen sie gebracht, wurde der Großmutter überlassen, und heidi ging's hinaus, sooft der Wind eine Walzermelodie herübertrug und in die Fenster des abseits gelegenen Häuschens hineinklingen ließ.

Aber nicht nur auf allen Tanzmusiken ihres Dorfes waren Kielblocks anwesend, auch auf denen der umliegenden Dörfer fehlten sie selten. Mußte die Großmutter, was oft vorkam, das Bett hüten, so wurde »das kleine Balg« eben mitgenommen. Man machte ihm dann im Tanzsaal, so gut es gehen wollte, ein Lager zurecht, gewöhnlich auf zwei Stühlen, über deren Lehnen man Schürzen und Tücher zum notdürftigen Schutze gegen das Licht hing. Und in der Tat schlief das arme Würmchen, auf diese Art gebettet, unter dem betäubenden Lärm der Blechinstrumente und Klarinetten, unter dem Gescharr, Getrampel und Gejohle der Walzenden, inmitten einer Atmosphäre von Schnaps- und Bierdunst, Staub und Zigarrenrauch oft die ganze Nacht.

Wunderten sich die Anwesenden darüber, so hatte der Segelmacher immer die eine Erklärung bereit: »Es ist eben der Sohn von Papa und Mama Kielblock, verstanden?« Begann Gustavchen zu schreien, so stürzte seine Mutter, sobald sie den angefangenen Tanz beendet, herbei, raffte ihn auf und verschwand mit ihm in dem kalten Hausflur. Hier, auf der Treppe sitzend oder wo sie sonst Raum fand, reichte sie dem Kleinen die vom Trinken und Tanzen erhitzte, keuchende Brust, die es gierig leer sog. War es satt, so bemächtigte sich seiner zumeist eine auffallende Lustigkeit, welche den Eltern nicht wenig Freude bereitete,

um so mehr, da sie nicht lange anzuhalten, sondern bald von einem totenähnlichen, bleiernen Schlaf verdrängt zu werden pflegte, aus dem das Kind dann bis zum kommenden Morgen sicher nicht mehr erwachte.

Sommer und Herbst waren verstrichen. Eines schönen Morgens, als der Segelmacher nach einer guten Nacht unter seine Haustüre trat, war die Gegend in einen Schneemantel gehüllt. Weiße Flecken lagen in den Wipfeln des Nadelwaldes, der den See und in weitem Umkreise die Ebene umschloß, in welcher das Dörfchen gelegen war.

Der Segelmacher schmunzelte in sich hinein. Der Winter war seine liebste Jahreszeit. Schnee erinnerte ihn an Zucker, dieser an Grog; Grog wiederum erregte in ihm die Vorstellung warmer, festlich erleuchteter Zimmer und brachte ihn somit auf die schönen Feste, welche man im Winter zu feiern gewohnt ist.

Mit geheimer Freude schaute er den schwerfälligen Kähnen zu, welche nur noch mit Mühe vorwärts bewegt werden konnten, weil bereits eine dünne Eiskruste den See bedeckte. »Bald«, sagte er zu sich selbst, »sitzen sie ganz fest, und dann kommt meine gute Zeit.«

Es würde verfehlt sein, Herrn Kielblock schlechtweg für einen Faulenzer von Profession zu halten, im Gegenteil, kein Mensch konnte fleißiger arbeiten als er, solange es Arbeit gab. Wenn jedoch die Schiffahrt und damit die Arbeit einmal auf Monate gründlich einfror, grämte er sich keineswegs darüber, sondern sah in der Muße eine willkommene Gelegenheit, das zu verjubeln, was er sich vorher erworben.

Aus einer kurzen Pfeife qualmend, schritt er die Böschung hinunter, bis an den Rand des Sees, und tippte mit dem Fuß auf das Eis. – Es zerbrach wider Erwarten beim leisesten Drucke, und der Segelmacher hätte, obgleich er das Experiment mit aller Vorsicht ausgeführt, doch beinahe das Gleichgewicht verloren.

Derb fluchend zog er sich zurück, nachdem er die Tabakspfeife aufgehoben, welche ihm entfallen war.

Ein Fischer, der ihn beobachtet hatte, rief ihm zu: »Wollt Ihr Schlittschuh loofen, Segelmacher?«

»In acht Tagen, warum nicht?«

»Denn will ick mich bald een neues Netze koofen.«

»Warum denn?«

»Damit ick dir wieder rausfischen kann, denn rin fällst de sicher.«

Kielblock lachte behaglich. Eben wollte er etwas erwidern, als die Stimme seiner Frau ihn zum Früh-

stück rief. Im Gehen meinte er nur noch, daß er sich die Geschichte dann doch erst befrühstücken wollte, denn kalte Bäder gehörten gerade nicht zu seinen Passionen.

Die Familie Kielblock frühstückte.

Die alte Großmutter trank ihren Kaffee am Fenster. Als Fußbank diente ihr ein grüner, viereckiger Kasten, den sie von Zeit zu Zeit mit halb erloschenen Augen ängstlich betrachtete. Mit langen, dürren Händen öffnete sie jetzt zitternd die Schublade eines neben ihr stehenden Tischchens und fuhr unsicher darin herum, bis sie ein Pfennigstück zwischen die Finger bekam, das sie herausnahm und sorgsam in den messingenen Einwurf des unter ihr stehenden Kastens steckte.

Kielblock und Frau beobachteten dies Manöver und nickten sich verständnisvoll zu. Über das erstarrte, welke Gesicht der Alten glitt ein Zug heimlicher Genugtuung, wie immer, wenn sie das Geldstück am Morgen in der Schublade fand, welches die beiden Eheleute nur selten für sie hineinzulegen vergaßen.

Erst gestern hatte die junge Frau wieder eine Mark zu diesem Zweck in Pfennige umgewechselt, die sie lachend ihrem Manne zeigte.

»Die Mutter ist eine gute Sparbüchse«, sagte dieser, einen lüsternen Blick nach dem grünen Kasten werfend, »wer weiß, was da drinnen noch alles steckt. Wenig ist's nicht, und wenn sie einmal abgelebt hat,

was Gott verhüte, dann setzt's noch ein anständiges Pöstchen, darauf verlaß dich.«

Diese Bemerkung schien der jungen Frau in die Beine zu fahren; sie stand auf, schwenkte die Röcke und trällerte eine Melodie: »Nach Afrika, nach Kamerun, nach Angra Pequena.«

Ein plötzliches lautes Geheul unterbrach sie; Lotte, das kleine braune Hündchen, hatte sich zu nahe an den grünen Kasten gewagt und war von der Alten dafür mit einem Fußtritt belohnt worden. Das Ehepaar lachte aus vollem Halse, indes Lotte mit gekniffener Schnauze und gekrümmtem Rücken, eine wahre Jammergestalt, hinter den Ofen kroch und winselte.

Die Alte geiferte in unverständlichen Worten über das »Hundevieh«, und Kielblock schrie die Schwerhörige an: »Recht so, Mutter. Was hat das Hundebeest da herumzuschnüffeln, das ist *dein* Kasten; der soll dir bleiben, daran soll niemand rühren, nicht einmal Hund und Katze, gelt?«

»Die ist wachsam«, äußerte er befriedigt, als er kurz darauf mit seiner Frau in den Hof ging, um ihr beim Viehfüttern zuzusehen, »da kommt uns kein Heller weg, nicht, Mariechen?«

Mariechen hantierte alsbald mit Kleiensäcken und Futterschäffern, die Röcke und Ärmel trotz der frischen Luft aufgeschürzt, wobei ihre gesunden, drallen Glieder in der Sonne leuchteten.

Kielblock betrachtete sein Weib mit stiller Befriedigung, innerlich noch die Beruhigung durchkostend, welche ihm der Geiz seiner Mutter hinsichtlich seiner Zukunft gab. Er konnte sich nicht entschließen, an die Arbeit zu gehen, so sehr behagte ihm der Zustand, in dem er sich augenblicklich wiegte. Seine kleinen, genüßlichen Äuglein spazierten stillvergnügt über die rosig angehauchten fetten Rücken seiner Schweine, die er im Geiste schon in Schinken, Wurst und Wellfleisch zerlegt sah. Sie bestrichen dann das ganze mit frischem Schnee bestreute Höfchen, welches ihm den Eindruck einer sauber gedeckten Tafel machte, auf welcher Hühner-, Enten- und Gänsebraten reichlich aufgetischt, allerdings noch lebend, herumstanden.

Frau Mariechen ging auf in ihrem Vieh und Geflügel. Seit geraumer Zeit drang klägliches Kindergeschrei aus der Haustür, ein Umstand, der sie in keiner Weise von ihrer Beschäftigung abzog. In ihrem Viehbestand sah sie eine Hauptbedingung ihres behaglichen Lebens, in dem Kinde zunächst nichts weiter als ein Hindernis in demselben.

Es war Faschingszeit. Die Familie saß beim Nachmittagskaffee. Das etwa einjährige Gustavchen spielte am Boden. Man hatte Pfannkuchen gebacken und war in sehr vergnügter Stimmung, einesteils der Pfannkuchen wegen, andernteils weil es Sonnabend war, hauptsächlich aber, weil man an diesem Tage ei-

nen Maskenball besuchen wollte, der im Dorfe stattfand.

Frau Mariechen ging als Gärtnerin, und ihr Kostüm hing bereits in der Nähe des mächtigen grauen Kachelofens, der eine große Hitze ausströmte. Das Feuer durfte den ganzen Tag nicht ausgehen, da schon seit Monatsfrist eine beispiellose Kälte eingetreten war, die auch den See mit einer Eiskruste überdeckt hatte, so daß vollbeladene Fuhrwerke denselben ohne Gefahr passieren konnten.

Die Großmutter hockte wie immer über ihrem Schatze am Fenster, und Lotte lag, vom Scheine des Feuers angeglüht, zusammengekrümmt vor dem Ofenloch, dessen Türchen hin und wieder ein leises, klapperndes Geräusch machte.

Der heutige Ball sollte das letzte große Vergnügen des Winters sein, welches selbstverständlich bis zur Hefe ausgekostet werden mußte.

Der Winter war bisher auf das angenehmste vergangen. Feste, Tanzmusiken, Schmausereien im eigenen Hause und bei Fremden hatten mit einigen wenigen Arbeitsstunden gewechselt. Die Kasse war aber dabei magerer geworden, der Viehbestand beträchtlich zusammengeschrumpft, Dinge, welche auf die Stimmung der beiden Eheleute nicht ohne Einfluß bleiben konnten.

Freilich beruhigte man sich leicht in dem Gedanken, daß der kommende Sommer ja auch wieder vergehen würde, und was besonders die leere Kasse anbetraf, so tröstete ein Blick auf die der Großmutter bald darüber hinweg.

Der grüne Kasten unter den Füßen der alten Frau hatte überhaupt den beiden Eheleuten in allen Lebenslagen eine große Kraft der Beruhigung erwiesen. Bekam ein Schwein den Rotlauf, so dachte man an ihn und gab sich zufrieden. Schlug das Segeltuch auf, fielen die Kunden ab, tat man desgleichen.

Kam es den beiden vor, als mache sich ein leiser Rückgang in der Wirtschaft bemerkbar, so beschwichtigte man die schwer herandämmernden Sorgen darüber ebenfalls durch den Gedanken an den Kasten.

Ja, den Kasten umwoben eine Menge so verlokkender Vorstellungen, daß man sich gewöhnt hatte, den Augenblick, wo man ihn würde öffnen können, als den Höhepunkt seines Lebens zu betrachten.

Über die Verwendung des darin befindlichen Geldes hatte man längst entschieden. Vor allem sollte ein kleiner Teil desselben zu einer etwa achttägigen Vergnügungsreise, vielleicht nach Berlin, verwandt werden. Man reiste dann natürlich ohne Gustavchen, den man bei einer befreundeten Familie in dem Dorfe Steben jenseits des Sees bequem für die Dauer der Reise unterbringen konnte.

Kamen sie auf diese Reise zu sprechen, so bemächtigte sich der beiden Eheleute ein wahrhaftes Vergnügungsfieber. Der Mann meinte, das müsse aber noch einmal eine richtige Semmelwoche werden, während die Frau, in den Erinnerungen ihrer Mädchenzeit schwelgend, nur vom Zirkus Renz, der Hasenheide und anderen Vergnügungsorten redete.

Wie so oft schon hatte man auch heute wieder das Reisethema hervorgesucht, als Gustavchen durch ein ausnehmend possierliches Gebaren die Aufmerksamkeit davon ab- und auf sich lenkte. Er hob nämlich seine kleinen schründigen Ärmchen in die Höhe, als ob er sagen wollte: »Horch«, und brachte aus seinem schmutzigen Mäulchen einen Ton hervor, welcher dem Schrei einer Unke ähnelte.

Die Eltern beobachteten, ihre Heiterkeit mühsam zurückhaltend, die Manöver des Kleinen eine Weile. Endlich wurde es ihnen doch zu bunt. Sie platzten heraus und lachten so laut, daß Gustavchen erschreckt zu weinen anfing und selbst die Großmutter ihr verstumpftes Gesicht herumwandte.

»Na, weene man nich, alberne Jöhre, es tut dich doch niemand nichts«, beruhigte die Mutter, welche, bereits zur Hälfte Gärtnerin, im roten Korsett vor dem Kleinen stand. »Was fällt dir denn ein«, fuhr sie fort, »daß du mit die Arme wie ein Seiltänzer in die Luft herumangelst und eine Jusche ziehst wie meiner Mutter Bruder, wenn er eenen Hasen mit die Schlinge jefangen hatte.«

Kielblock, der an einem gelben Frack für den Abend herumbürstete, gab noch lachend eine Erklärung: »Der See«, sagte er, »der See!«

Und wirklich drangen durch die Fenster bald lauter, bald leiser langgezogene, dumpfe Töne, Tubarufen vergleichbar, welche von dem unter der riesigen Eiskruste arbeitenden Wasser des Sees herrührten und die das Kind vermutlich zum erstenmal bemerkt und nachzuahmen versucht hatte.

Je näher der Abend kam, um so ausgelassener wurde man, half sich gegenseitig beim Anziehen und belustigte sich schon vor dem Fest mit allerhand Scherzen und Tollheiten, deren Kielblock während seiner langen Vergnügungspraxis in großen Mengen aufgespeichert hatte.

Die junge Frau kam gar nicht aus dem Lachen heraus, ein plötzliches Grausen aber erfaßte sie, als ihr Kielblock eine aschfahl bepinselte Fratze aus Pappe vorwies, welche er aufsetzte, wie er sagte, um den Leuten das Gruseln zu lehren.

»Steck die Larve fort, ich bitte dich«, schrie sie, am ganzen Körper zitternd. »Det sieht ja akkarat aus wie'n toter Leichnam, der drei Wochen in der Erde gelegen hat.«

Den Mann jedoch ergötzte die Furcht seiner Frau. Er lief, die Larve zwischen den Händen, um sie herum, so daß sie, wohin sie sich auch wandte, hineinblicken mußte. Das machte sie zuletzt wütend.

»Kreuzmillionen, ick will det Unflat nich mehr sehen«, zeterte sie, mit dem Fuße stampfend, indes Kielblock, fast berstend vor Lachen, auf einen Holzstuhl fiel, den er beinahe umriß.

Endlich war man angezogen.

Er – ein »Halsabschneider«: gelber Frack, Kniehosen aus Samt und Schnallenschuhe, ein riesiges Tintenfaß aus Pappdeckel auf dem Kopf, worin noch die ebenfalls ungeheure Gänsefeder stak.

Sie – eine Gärtnerin: efeuumrankt, mit einem papiernen Rosenkranz im glatten Haar.

Die Uhr zeigte sieben, und so konnte man sich auf den Weg machen.

Auch diesmal mußte Gustavchen leider wieder mitgenommen werden, so schmerzlich es die »Gärtnerin« auch empfinden mochte.

Die Großmutter hatte in letzter Zeit einen Schlaganfall gehabt, weshalb man ihr nicht die geringste Arbeit aufbürden durfte. Sie vermochte sich zur Not noch selbst aus- und anzukleiden, damit war aber ihre Leistungsfähigkeit so ziemlich erschöpft.

Ein wenig Essen stellte man der Alten neben die brennende Lampe aufs Fensterbrett, und so konnte man sie bis zum nächsten Morgen getrost ihrem Schicksal überlassen.

Man nahm Abschied von ihr, indem man in ihre tauben Ohren schrie: »Wir jehen!« Und bald darauf waren die Alte am Fenster und Lotte am Ofen die einzigen Bewohner des Häuschens, welches Kielblock von außen abgeschlossen hatte.

Der Pendel der alten Schwarzwälder Uhr ging gemessen hin und her, tick, tack. Die Greisin schwieg oder leierte mit scharfer Stimme ein Gebet herunter. Lotte knurrte von Zeit zu Zeit im Schlaf, und von draußen klangen jetzt laut und vernehmlich die dröhnenden Tubastöße des Sees, dessen Eisspiegel sich wie eine riesige Demantscheibe weiß lodernd im Vollmond und scharf umrissen zwischen die tintenschwarz herabhängenden formlosen Abhänge der Kiefernhügel hineinspannte.

Als Kielblocks den Ballsaal betraten, wurden sie mit einer Fanfare begrüßt.

Der »Halsabschneider« erregte ungemeines Aufsehen. Gärtnerinnen, Zigeuner- und Marketenderinnen flüchteten kreischend zu ihren Kavalieren, Bauernknechten und Bahnarbeitern, welche ihre plumpen Glieder in spanische Kostüme gezwängt hatten und zierliche, zahnstocherartige Degen an der Seite trugen.

Der Segelmacher war außerordentlich zufrieden mit der Wirkung seiner Maske. Er belustigte sich drei Stunden lang damit, ganze Herden maskierter Frauen und Mädchen, wie der Wolf die Lämmer, vor sich her zu treiben.

»He, Gevatter Halsabschneider«, rief ihm jemand zu, »du siehst ja aus wie dreimal jehenkt und wieder losgeschnitten.« Ein anderer riet, er solle doch einen Schnaps trinken, damit ihm besser würde, denn Schnaps sei gut für Cholera.

Die Mahnung betreffs des Schnapses war überflüssig, denn Schnaps hatte der »Gehenkte« bereits in großen Mengen zu sich genommen. In seinem Totenschädel rumorte davon ein zweiter Maskenball, der den wirklichen noch übertollte.

Es wurde ihm so warm und gemütlich, daß er in diesem Zustande, um sein Inkognito zu wahren, mit dem leibhaftigen Sensenmann die Brüderschaft getrunken hätte.

Um zwölf Uhr nahm man die Masken ab. Jetzt stürmten die Freunde Kielblocks von allen Seiten auf ihn ein, beteuernd, daß sie ihn wahrhaftig nicht erkannt hätten: »Du bist doch nun einmal der tollste Kerl.«

»Du verwünschter Filou, du Galgenvogel!« scholl es durcheinander.

»Das hätten wir uns doch denken können«, schrie ein angetrunkener Schifferknecht. »Wer anders ist dreimal gehenkt und mit allen Hunden gehetzt als der Segelmacher.«

Alles lachte.

»Der Segelmacher, natürlich der Segelmacher«, lief es von Mund zu Mund, und dieser fühlte sich, wie so oft schon, auch heute als der Held des Abends.

»Nichts ist schöner«, rief er in das Gewühl, »als so en bißken den toten Mann machen, aber nun hab' ick's ooch dick. Vorwärts, Musik, Musik!« – Und sein Ruf fand Echo in aller Kehlen.

»Musik, Musik, Musik!« scholl es durcheinander, immer lauter und lauter, bis mit schneidendem Ruck und schriller Dissonanz die Musikbande zu arbeiten begann.

Der Ruf verstummte, im Nu wirbelte alles durcheinander.

Kielblock tanzte wie rasend. Er stampfte mit dem Fuße, er johlte, daß es die Musik übertobte.

»Man muß doch den Leuten zeijen, det man noch leben dut«, brüllte er im Vorbeischießen dem Baßgeiger zu, der ihn freundschaftlich angelächelt hatte.

Mariechen überwand sich, um nicht aufzuschreien, so preßte er sie an sich; die Sinne vergingen ihr fast. Es war, als habe ihr Mann in dem »Totenspielen« doch ein Haar gefunden und wühle sich nun mit allen Fibern seines Leibes in das Leben zurück.

Während der Musikpausen füllte er sich mit Schnaps und traktierte auch seine Freunde damit.

»Trinkt man feste, Brüder«, lallte er zuletzt, »ihr könnt mir nich pankrott machen, meine Olle is eene sehr schwere Frau! Sehr, sehr schwer«, wiederholte er gedehnt, zwinkerte bedeutungsvoll mit den Augen und führte ein Schnapsglas, bis zum Rande voll Ingwer, unsicher zum Munde.

Das Vergnügen hatte seinen Höhepunkt überschritten und drohte zu Ende zu gehen. Nach und nach verlor sich die Mehrzahl der Gäste. Kielblock und Frau nebst einer Anzahl Gleichgesinnter wankten und wichen nicht. Gustavchen hatte diesmal in einem dunklen Vorzimmer glücklich untergebracht werden

können, so daß man durch ihn weniger als je behindert wurde.

Als auch die Musikanten gegangen waren, schlug jemand vor, »Gottes Segen bei Cohn« zu spielen, ein Vorschlag, den man einstimmig annahm.

Während des Spiels entschliefen einige, darunter Kielblock.

Sobald der Morgendämmer fahl und gespenstig durch die Fenstervorhänge kroch, wurden sie wieder geweckt. Erwachend grölte der Segelmacher das Lied zu Ende, über dessen Strophen er eingeschlafen war.

»Kinder«, rief er, als es heller und heller wurde, »nach Hause jehn wir nich, verstanden!? Nun jrade nich, da es Tag wird.«

Einige protestierten; es sei nun wirklich genug, man müsse nichts übertreiben! Die andere Hälfte stimmte ihm bei.

Aber was tun?

Der Heidekrug wurde genannt.

»Jawohl, Kinder, wir machen eenen Spazierjang ins Jrüne, wenn ooch een bißken Schnee liegen dut, et schad't nich, wir jehen zusammen nach dem Heidekrug.«

»Frische Luft, frische Luft!« klang es auf einmal aus vielen Kehlen, und alles drängte nach der Türe.

Die Sonne begann einen Sonntag. Ein riesiges Stück gelbglühenden Metalls, lag sie hinter den kohlschwarzen Säulen eines Kieferngehölzes, welches, wenige hundert Schritte von dem Gasthause entfernt, gegen den See vorsprang. Ein braungoldiger Lichtstaub quoll durch die Stämme, drängte sich durch alle Luken der unbeweglichen, dunklen Nadelmassen ihrer Kronen und überhauchte Erde und Himmel mit einem rötlichen Scheine. Die Luft war schneidend kalt, aber es lag kein Schnee.

Man atmete sich nüchtern und schüttelte den Geruch des Ballsaals aus den Kleidern. Einige von denen, die kurz vorher gegen die Fortsetzung des Vergnügens waren, fühlten sich jetzt so gestärkt, daß sie dafür sprachen. Andere meinten, das sei ja alles recht gut, man müsse doch aber wenigstens die Kleider wechseln, wenn man nicht zum Skandal der Leute werden wollte. Dagegen konnte niemand etwas Ernstliches einwenden; deshalb und ferner, weil einige der Anwesenden, darunter Kielblocks, erklärten, daß sie unbedingt einmal nach dem Rechten sehen müßten, wurde beschlossen, daß man sich zunächst nach Hause begeben, um neun Uhr aber wieder treffen wolle, um den gemeinschaftlichen Spaziergang anzutreten.

Kielblocks entfernten sich zuerst, und unter den Zurückbleibenden waren wenige, die das junge Paar nicht beneideten. Aussprüche wie »Ja, wenn man es auch so haben könnte« und andere wurden laut, als man den stets fidelen Mann, Gustavchen auf dem Arm tragend, seine Frau an der Hand führend, johlend in das Gehölz einbiegen und verschwinden sah.

Zu Hause war alles in bester Ordnung. Lotte be-

AKubin

grüßte die Anwesenden, die Alte lag noch im Bett. Man kochte ihr Kaffee, weckte sie und teilte ihr mit, daß man sie bald wieder verlassen werde. Sie fing an vor sich hin zu schelten, ohne sich direkt an jemanden zu wenden. Durch zwei neue Pfennige wußte man sie zu beruhigen.

Frau Marie, welche damit beschäftigt war, den kleinen Gustav umzuziehen, bekam plötzlich eine Grille. »Ach wat, et is jenug«, sagte sie, »wir wollen zu Hause bleiben.«

Kielblock war außer sich.

»Ich habe Kopfschmerzen und Stechen im Rükken.«

Eine Tasse schwarzen, starken Kaffees würde alles hinwegnehmen, erklärte er. Gehen müsse man, denn man habe die Sache ja selbst eingefädelt.

Der Kaffee hatte seine Wirkung getan. Gustavchen war vermummt und alles fertig zum Aufbruch, als ein Schiffer erschien, welcher bis zum Montagmorgen ein Segel geflickt haben wollte. Es sei für die Eisjacht »Mary«, welche am Mittag des nächsten Tages die große Regatta mitlaufen sollte, fügte er bei.

Kielblock wies die Arbeit zurück. Um der paar Pfennige willen, welche bei so etwas heraussprängen, könne man sich nicht das bißchen Sonntagsvergnügen rauben lassen.

Der Mann versicherte, daß es gut bezahlt werde, aber Kielblock blieb bei seiner Weigerung. Werktag sei Werktag, Feiertag sei Feiertag.

Unterhandelnd verließ man das Zimmer und das Haus. Er würde den Lappen selbst zusammenflicken, schloß der Schiffer, wenn er nur die nötige Leinwand bekommen könnte. Auch diese verweigerte Kielblock, weil er, wie er sagte, sich nicht ins Handwerk pfuschen lassen könne.

Die Gesellschaft traf sich vor dem Gasthause. Der Spaziergang gestaltete sich, da die Sonne die Kälte herabgemindert, zu einem ausnehmend genußreichen. Die Ehemänner liebelten gegenseitig mit den Frauen, sangen, rissen Witze und sprangen wie Böcke über das starr gefrorene, knisternde Moos des Waldbodens. Der Forst hallte wider vom Gejohl, Gekreisch und Gelächter des Haufens, dessen Lustigkeit sich von Minute zu Minute steigerte, da man nicht vergessen hatte, gegen die Kälte einige Flaschen Kognak mit auf die Wanderschaft zu nehmen.

Im Krug wurde natürlich wieder ein Tanz improvisiert; gegen Mittag trat man, bedeutend herabgestimmt, den Rückweg an.

Zwei Uhr war es, als Kielblocks vor ihrem Häuschen standen, ein wenig müde und abgespannt, keineswegs jedoch übersättigt. Der Segelmacher hatte den Schlüssel zur Haustür bereits ins Schloß gesteckt, zauderte aber nichtsdestoweniger, herumzudrehen. In seinem Innern klaffte eine Leere, vor der ihm graute.

Da fiel sein Blick auf den See, der wie ein ungeheurer Spiegel, von Schlittschuhläufern und Stuhlschlitten belebt, in der Sonne funkelte, und so kam ihm ein Gedanke.

»Mariechen«, fragte er, »wie wär's, wenn wir noch 'ne Tour machten? – Nach Steben rüber zu deiner Schwester – nicht? – Sich jetzt am Mittag aufs Ohr hauen, det wär' doch sündhaft.«

Die junge Frau war zu müde, sie beteuerte, nicht mehr laufen zu können.

»Det schad't ooch nich«, erwiderte er und lief im selben Augenblick nach dem Schuppen hinter dem Hause, aus welchem er einen hölzernen, grün angestrichenen Stuhlschlitten hervorholte.

»So wird et jehen, denk' ich«, fuhr er fort, bereits damit beschäftigt, ein Paar Schlittschuhe an seinen Füßen zu befestigen, welche über der Lehne des Schlittens gehangen hatten.

Ehe Mariechen Zeit hatte, weitere Bedenken zu äußern, saß sie, Gustavchen auf dem Schoß haltend, im Stuhlschlitten und sauste, von den kräftigen Armen ihres Mannes geschoben, über die blitzende Eisfläche.

Kaum vierzig Meter vom Lande wandte sich die junge Frau noch einmal und gewahrte den Schiffer, wie er an ihre Haustüre klopfte. Er mußte sie heimkommen gesehen und sich entschlossen haben, noch einmal wegen des Segels vorzusprechen.

Sie machte ihren Mann darauf aufmerksam.

Er hielt an, wandte sich herum und brach in ein schallendes Gelächter aus, welches die Frau mit fortriß. Es war doch auch zu komisch, wie der Mann so recht geduldig und zuversichtlich mit seinem Segel auf der Schwelle stand, indes die, welche er im Hause glaubte, längst hinter seinem Rücken über den See davonflogen.

Kielblock sagte, es wäre gut, daß er nicht mehr mit dem Manne zusammengetroffen sei, denn sonst würde die schöne Schlittenpartie doch noch zu Essig geworden sein.

Während des Fahrens drehte er indes wiederholt den Kopf nach rückwärts, um zu sehen, ob der Mann noch an seinem Posten stände; aber erst, als er mit Frau und Kind das jenseitige Ufer hinaufklomm, konnte er bemerken, wie sich derselbe, zum schwarzen Punkte eingeschrumpft, langsam in der Richtung des Dorfes entfernte.

Die Verwandten, welche ein Gasthaus in Steben besaßen, freuten sich über den Besuch der Eheleute, zumal da bereits eine Anzahl anderer guter Freunde versammelt war. Man nahm sie gut auf, brachte Kaffee, Pfannkuchen und später auch Spirituosen. Zuletzt machten die Männer ein Spielchen, während die Frauen die Tageschronik durchnahmen. Außer dem Verwandtenkreis waren noch einige Stadtleute in dem Gastzimmer anwesend. Sie brachen jedoch eiligst auf, als es zu dunkeln begann.

»Es ist ja Vollmond, meine Herrschaften«, bemerkte der Wirt, die Zeche einer kleinen Schlittschuhgesellschaft einstreichend, »die Passage des Sees

außerdem vollkommen sicher. Sie brauchen sich nicht zu beeilen.«

Man versicherte, nicht im geringsten ängstlich zu sein, ohne sich deshalb am Aufbruch hindern zu lassen.

»Furchtsame Stadtratten«, flüsterte Kielblock seinem Schwager zu, der sich seufzend neben ihn niederließ, um sein unterbrochenes Spiel wieder aufzunehmen. Das soundsovielte Glas Bier hochhebend, nötigte er ihn zum Trinken und leerte selbst sein Glas zur Hälfte.

»Nicht wahr«, fragte eine der Frauen nach dem Männertisch herüber, »der Junge ist wieder ganz gesund.«

»Ganz gesund«, scholl es zurück. »Zwei Stunden, nachdem er glücklich herausgezogen war und längst wohlgeborgen in seinem Bette lag, schrie er plötzlich: ›Zu Hilfe, zu Hilfe, ich ertrinke!‹ «

»Zu Hilfe, zu Hilfe, ich ertrinke«, schrie Kielblock, bei dem das Bier wieder zu wirken begann, und hieb eine letzte Karte auf die Tischplatte. Er gewann und strich schmunzelnd eine Anzahl kleiner Münzen in die hohle Hand.

Währenddessen erzählte man sich, daß ein Junge bei hellem Tage in die offene Stelle des Sees geraten sei, auch wohl sicher ertrunken wäre, wenn nicht glücklicherweise im letzten Augenblick einige Arbeiter hinzugekommen wären. Jeder der Anwesenden kannte die Stelle; sie war an dem Südzipfel des

Sees, dort, wo das stets leicht erwärmte Wasser eines kleinen Flüßchens hineintrat.

Man wunderte sich um so mehr über das Unglück, da die Stelle nicht etwa eine verführerische Eiskruste ansetzte, sondern immer offen blieb. Der Junge müßte geradezu mit geschlossenen Augen hineingefahren sein, meinte man.

Kielblock hatte so viel gewonnen, daß er in bester Laune der Überzeugung Ausdruck gab, den ganzen verlorenen Maskenball wieder in seiner Tasche zu haben. Ohne weitere Einwände fügte er sich deshalb auch den Bitten seiner Frau, nun doch endlich aufzubrechen.

Der Abschied von den Freunden dauerte lange. Man hatte ein Tanzkränzchen für den folgenden Sonntag in aller Eile zu besprechen. Kielblock verpflichtete die Anwesenden aufs Wort, sich daran zu beteiligen. Man sagte zu und trennte sich endlich.

Kielblocks nahmen den Weg nach dem Seeufer.

Senkrecht über der bläulichen Eisfläche stand der Vollmond; wie der Silberknauf einer riesigen, funkenbestreuten Kristallkuppel schien er in den Äther gefügt. Ein Lichtnebel ging von ihm aus und rann magisch um alle Gegenstände der Erde. Luft und Erde schienen erstarrt im Frost.

Frau Mariechen samt dem Kleinen saß bereits seit geraumer Zeit auf dem Schlitten, als Kielblock noch immer fluchend an seinen Schlittschuhen herumhantierte. Die Hände starben ihm ab, er konnte nicht fertig werden. Gustavchen weinte.

Frau Kielblock trieb ihren Mann zur Eile; die Luft stäche sie wie mit Nadeln. Kielblock wußte das selbst; es kam ihm vor, als ritze man die Haut seines Gesichts und seiner Hände mit Glaserdiamanten.

Endlich fühlte er die Eisen fest unter seinen Sohlen. Noch konnte er jedoch den Schlitten nicht anfassen; deshalb steckte er die Hände in die Taschen, um sie ein wenig auftauen zu lassen. Währenddessen schnitt er einige Figuren in das Eis. Es war hart, trocken und durchsichtig wie Glas.

»In zehn Minuten sind wir drüben«, versicherte er dann, den Stuhlschlitten mit einem kräftigen Ruck in Bewegung setzend.

Spielend schoß das Gefährt in die Eisfläche, in gerader Linie auf den gelben Lichtschein zu, welcher jenseits des Sees aus einem Fenster des Kielblockschen Häuschens fiel. Es war die Lampe der Großmutter, welche den Segelmacher schon oft, auch in mondlosen Nächten, sicher geleitet hatte. Fuhr man vom Stebener Wirtshaus in gerader Linie darauf zu, so hatte man überall gleichmäßig festes Eis unter den Füßen.

»Det is noch een Schlußverjnüjen«, schrie Kielblock mit heiserer Stimme seiner Frau ins Ohr, die indes vor Zähneklappern nicht antworten konnte. Sie drückte Gustavchen fest an sich, der leise wimmerte.

Der Segelmacher schien wirklich unverwüstlich;

denn in der Tat war diese Mondscheinpartie trotz der vorhergegangenen Strapazen ganz nach seinem Geschmack. Er machte allerhand Mätzchen, ließ den Schlitten im wildesten Lauf aus den Händen gleiten und schoß hinter ihm drein, wie der Falke hinter seiner Beute. Er schleuderte ihn wiederholt aus Mutwillen dermaßen, daß seine Frau laut aufkreischte.

Immer klarer und klarer wurden die Umrisse des Häuschens; schon erkannte man die einzelnen Fenster desselben, schon unterschied man die Großmutter in dem Lichtschein der Lampe, als es plötzlich dunkel wurde.

Kielblock wandte sich erschreckt und gewahrte eine ungeheure Wolkenwand, welche, den ganzen Horizont umspannend, unbemerkt ihm im Rücken heraufgezogen war und die soeben den runden Vollmond eingeschluckt hatte.– –

»Nun aber schnell«, sagte er und stieß das Gefährt mit verdoppelter Geschwindigkeit vor sich her über das Eis.

Noch blieb das Häuschen vom Mond beleuchtet; aber weiter und weiter kroch der riesige Wolkenschatten über den See hin, bis er diesen samt dem Häuschen mit undurchdringlicher Finsternis überzogen hatte.

Unbeirrt steuerte Kielblock auf den Lichtschein zu, welcher von der Lampe der Großmutter herrührte. Er sagte sich, daß er nichts zu fürchten habe, wurde aber dennoch von einer unsichtbaren Gewalt zur Eile angetrieben.

Er raffte all seine Kraft zusammen; der Schweiß quoll ihm aus allen Poren; sein Körper brannte; er keuchte...

Die junge Frau saß zusammengebogen und hielt das Kleine krampfhaft an sich gepreßt. Sie sprach kein Wort, sie rührte sich nicht, als fürchte sie anders die Schnelligkeit der Fahrt zu beeinträchtigen. Auch ihre Brust beklemmte ein unerklärliches Angstgefühl; sie hatte nur den einen Wunsch, am Ziel zu sein.

Unterdessen war es so schwarz geworden, daß Kielblock sein Weib, diese ihr Kind nicht mehr sah. Dabei rumorte der See unter dem Eispanzer unaufhörlich. Es war ein Schlürfen und Murren, dann wieder ein dumpfes, verhaltenes Aufbrüllen, dazu ein Pressen gegen die Eisdecke, so daß diese knallend in großen Sprüngen barst.

Die Gewöhnung hatte Kielblock gegen das Unheimliche dieser Erscheinung abgestumpft; jetzt war es ihm plötzlich, als stünde er auf einem ungeheuren Käfig, darin Scharen blutdürstiger Raubtiere eingekerkert seien, die, vor Hunger und Wut brüllend, ihre Tatzen und Zähne in die Wände ihres Kerkers knirschend eingruben.

Von allen Seiten prasselten die Sprünge durch das Eis.

Kielblock war am See groß geworden, er wußte, daß bei einer zwölfzölligen Eisdecke ein Einbruch unmöglich sei. Seine Phantasie indes begann zu schweifen und gehorchte nicht mehr ganz seinem gesunden Urteil. Es kam ihm zuweilen vor, als öffneten sich unter ihm schwarze Abgründe, um ihn samt Weib und Kind einzuschlingen.

Ein gewitterartiges Grollen wälzte sich fernher und endete in einem dumpfen Schlag dicht unter seinen Füßen.

Die Frau schrie auf.

Eben wollte er fragen, ob sie verrückt geworden sei, da bemerkte er etwas, das ihm den Laut in die Kehle zurücktrieb. Der einzige Lichtpunkt, welcher ihn bisher geleitet, bewegte sich – wurde blasser und blasser – zuckte auf – flackerte und – verschwand schließlich ganz.

»Um Jottes willen, was fällt Muttern ein«, stieß er unwillkürlich hervor, und jach wie ein Blitzstrahl durchfuhr sein Gehirn das Bewußtsein einer wirklichen Gefahr.

Er hatte angehalten und rieb sich die Augen; war es Wirklichkeit oder Täuschung? Fast glaubte er an die letztere; das Lichtbild der Netzhaut täuschte ihn. Endlich zerrann auch dieses, und nun kam er sich vor wie in Finsternis ertrunken. Noch glaubte er indes, die Richtung genau zu wissen, in welcher das Licht erloschen war, und fuhr pfeilgeschwind darauf zu.

Unter das Getöse des Sees mischte sich die Stimme seiner Frau, welche vor ihm aus der Finsternis drang

Kubin

und ihm allerhand Vorwürfe machte; warum man nicht zu Hause geblieben, und so weiter.

Es vergingen einige Minuten. Endlich glaubte man Hundegebell zu hören. – Kielblock atmete erleichtert auf. Da – ein verzweifelter Schrei – ein Ruck – die Funken stoben unter seinen Stahlschuhen hervor; mit fast übermenschlicher Kraft riß er den Schlitten herum und hielt an.

Der rechte Arm seiner Frau umklammerte zitternd und krampfhaft den seinen. Er wußte, sie hatte den Tod geschaut.

»Sei ruhig, Miezchen, et is ja nichts«, tröstete er mit bebender Stimme, und doch war ihm selbst gewesen, als habe eine schneekalte, verweste Hand an sein heißes Herz gegriffen.

Die junge Frau bebte wie Espenlaub; ihre Zunge schien gelähmt. »Oh! oh!... mein Gott... mein Gott!« war alles, was sie hervorbrachte.

»Was aber in aller Welt ist denn los, Menschenskind, so sprich doch, um Himmels willen sprich doch!«

»Dort... dort...«, stieß sie hervor. »Ich hab's gehört... ganz deutlich... Wasser... Wasser, das offne Wasser!«

Er lauschte gespannt. »Ich höre nichts!«

»Ich hab's gesehen, wahrhaftig, ich hab's gesehen, ganz deutlich... dicht vor mir... wahrhaftig.«

Kielblock versuchte, die dicke Luft mit den Blicken zu durchbohren – vergebens. Es war ihm, als habe man ihm die Augen aus dem Kopfe genommen und er mühe sich ab, mit den Höhlen zu sehen. »Ich sehe nichts.«

Die Frau beruhigte sich ein wenig. »Aber et riecht doch wie Wasser.«

Er erklärte, sie habe geträumt, und fühlte doch seine Angst wachsen.

Gustavchen schlief.

Langsam wollte er weiterfahren; aber seine Frau stemmte sich dagegen mit allen Kräften der Todesangst. In weinerlichen Lauten beschwor sie ihn, umzukehren; als er nicht still hielt, gebärdete sie sich wie eine Wahnsinnige: »Es bricht, es bricht!«

Nun riß ihm die Geduld. Er schalt seine Frau, sie sei schuld mit ihrem verfluchten Geheul, wenn er samt ihr und dem Kinde ersöffe. Sie sollte das Maul halten, oder er ließe sie, so wahr er Kielblock heiße, allein mitten auf dem See stehen und führe davon. Als alles nichts half, verlor er die Besinnung und schwatzte sinnloses Zeug durcheinander. Hierzu kam noch, daß er nun wirklich nicht mehr wußte, wohin er sich wenden sollte. Die Stelle aber, auf der er stand, schien ihm mürbe und unsicher. Vergebens suchte er die furchtbare Angst zu bemeistern, welche auch ihn mehr und mehr zu beherrschen begann. Die Gaukeleien erfüllten sein Hirn, er zitterte, er röchelte Stoßgebete; sollte es denn wirklich und wahrhaftig zu Ende gehen? Heute rot, morgen tot – er hatte es nie begriffen. Heute rot, morgen tot – morgen – tot – was war das: »tot«? Er hatte es bisher nicht gewußt, aber jetzt – nein, nein!

Kaltes Entsetzen faßte ihn; er wendete den Schlitten, er nahm einen Anlauf, mit letzter, gewaltiger Kraftanstrengung – Rettung um jeden Preis, und nun – ein klatschendes Geräusch, ein Spritzen, Schäumen und Prickeln aufgestörter Wassermassen – ihm verging das Bewußtsein.

Ein Augenblick, und er wußte, daß er geradeswegs in die offene Stelle des Sees hineingefahren sei. Seine kräftigen Glieder durchwühlten das schwarze Wasser; er stampfte die eiskalte Flut mit übermenschlicher Kraft, bis er fühlte, daß er wieder atmen konnte.

Ein Schrei entrang sich seiner Brust, weithin gellend – ein zweiter – ein dritter, die Lunge mochte mitgehen, der Kehlkopf zerspringen; ihm grauste vor dem Laut der eigenen Kehle, aber er schrie – er brüllte wie ein Tier: »Hilfe, helft uns – wir ertrinken – Hilfe!«

Gurgelnd versank er dann und der Schrei mit ihm, bis er wieder auftauchte und ihn von neuem herausheulte.

Er hob die Rechte über Wasser, er suchte immer schreiend nach Halt – umsonst; wieder versank er. Als er auftauchte, war es licht um ihn. Drei Armlängen etwa zu seiner Linken begann die Eiskruste, die sich hier in großem Bogen um einen offenen Wasserspiegel zog. Er strebte sie zu erreichen. Noch einmal sank er, endlich griff er sie, seine Finger glitten ab, er versuchte aufs neue und grub sie ein, als wären es

Krallen – er zog sich empor. Bis zu den Schultern war er über Wasser, seine angststieren Augen dicht über der jetzt wieder weiß im Mondschein brennenden Eisfläche. Da – da lag sein Häuschen – weiterhin das Dorf, und dort – wahrhaftig – Laternen – Lichter – Rettung! Wieder durchzitterte sein Ruf die Nacht.

Er horchte gespannt.

Hoch aus der Luft fiel ein Laut. Wildgänse strichen durch den Kuppelsaal der Sterne und jetzt, einzelne dunkle Punkte, durch den Vollmond. Hinter sich vernahm er ein Brodeln und Gären der Wasser. Blasen stiegen, er fühlte sein Blut erstarren; ihn schauderte, sich zu wenden, und er wandte sich doch. Eine dunkle Masse quoll auf und versank in Zwischenräumen. Ein Schuh, eine Hand, eine Pelzmütze wurde sichtbar; das Ganze wälzte sich näher und näher, er wollte es haschen, aber wieder versank es.

Ein todbanger Moment – dann wahnsinniges Gelächter. Er fühlte, wie ein Etwas sich von unten her um ihn klammerte; erst griff es seinen Fuß – nun umschnürte es seine Beine – bis zum Herzen kam es herauf – sein Blick verglaste – seine Hände glitten ab – er sank – dumpfes fernes Brausen – ein Gewirr von Bildern und Gedanken – dann – der Tod.

Kubin

Man hatte im Dorf den Hilferuf vernommen. Arbeiter und Fischer sammelten sich auf der Unglücksstätte. Nach Verlauf einer Stunde zog man die Leiche eines Kindes aufs Eis. Man schloß aus dem Alter desselben, daß noch ein Erwachsener ertrunken sein müßte.

Als weitere Nachforschungen erfolglos blieben, meinte ein Fischer, man solle Netze auslegen. In Netzen fing man denn auch, gegen drei Uhr des Morgens, die Leichen des jungen Ehepaares.

Da lag nun der lustige Segelmacher mit verzerrtem, gedunsenem Gesicht, mit gebrochenen Augen die Tücke des Himmels anklagend. Seine Kleider trieften, aus seinen Taschen flossen schwarze Wasserlachen. Als man ihn auf eine Bahre lud, fiel eine Anzahl kleiner Münzen klingend aufs Eis.

Die drei Leichen wurden erkannt und nach dem Kielblockschen Hause geschafft.

Man fand die Tür desselben verschlossen; kein Licht leuchtete aus den Fenstern. Ein Hund bellte innen, aber selbst auf wiederholtes Klopfen öffnete niemand. Ein Fischer stieg durch das Fenster in die finstere Wohnstube; seine Laterne erleuchtete dieselbe nur mäßig, sie war leer. Mit seinen Wasserstiefeln ein lautes Geräusch machend, von einem kleinen braunen Hündchen angekläfft, schritt er quer hindurch und gelangte an eine kleine Tür, die er ohne weiteres aufstieß. Ein Laut der Verwunderung entfuhr ihm.

Inmitten eines fensterlosen Alkovens saß eine steinalte Frau; sie war über einem grünen Kasten, welcher mit Gold-, Silber- und Kupfermünzen angefüllt offen am Boden stand, eingenickt. Ihre rechte Hand stak bis über die Knöchel im Metall, auf ihrer linken ruhte das Gesicht. Über ihren fast kahlen Scheitel warf das spärliche Flämmchen der herabgebrannten Lampe ein dunstiges, falbes Licht.

BIO-BIBLIOGRAPHISCHE NOTIZ

Alfred Kubin, 1877 in Leitmeritz in Böhmen geboren und 1959 in Zwickledt gestorben, fand nach schulischen und beruflichen Fehlschlägen sowie einer schweren Nervenerkrankung erstmals um 1900 zu einer eigenen künstlerischen Form: Wie in einem Rauschzustand entstanden Hunderte von visionären Zeichnungen. Das Geheimnisvolle und das Grauen, die Randbezirke menschlichen Bewußtseins, werden von nun an die beherrschenden Motive und Themen seiner Zeichenkunst. Eine erste Ausstellung 1902 in Berlin sowie die Veröffentlichung einer ersten Kunstmappe 1903 machen ihn in Kunstkreisen bekannt. Kubin, der seit 1898 in München lebte, übersiedelte 1906 auf das kleine Landgut Zwickledt bei Wernstein in Oberösterreich, das er bis zu seinem Lebensende bewohnte. 1908 entstehen die ersten Buchillustrationen, und 1909 erscheint ›Die andere Seite‹, sein mit zahlreichen Illustrationen ausgestatteter erster und einziger Roman. Die Illustrationen von Werken ihm meist geistig verwandter Schriftsteller der klassischen und zeitgenössischen Literatur bilden von nun an den zentralen Bestand seiner künstlerischen Arbeit. Bis zu seinem Lebensende entstehen insgesamt über 2300 Einzelillustrationen. Daneben veröffentlichte Kubin eine größere Zahl von Mappenwerken. Zahlreiche Ausstellungen machten ihn bekannt; nach 1945 erhielt Kubin mehrere Auszeichnungen.

Gerhart Hauptmann, 1862 in Ober-Salzbrunn in Schlesien geboren und 1946 im schlesischen Agnetendorf gestorben, widmete sich nach landwirtschaftlicher Tätigkeit, einer Ausbildung als Bildhauer und Universitätsstudien ab 1885 ganz der Schriftstellerei. Mit den an der zeitgenössischen sozialen Wirklichkeit orientierten Dramen wie ›Vor Sonnenaufgang‹ (1889), ›Die Weber‹ (1892), ›Fuhrmann Henschel‹ (1898) oder ›Die Ratten‹

(1911) wurde er der bedeutendste Dramatiker der Jahrhundertwende. Hauptmanns äußerst fruchtbares dramatisches Schaffen war begleitet von einem lyrischen und essayistischen Werk; auch schrieb er meisterhafte Novellen, darunter ›Bahnwärter Thiel‹ (1888) und ›Der Ketzer von Soana‹ (1918). Die Erzählung ›Fasching‹ ist Hauptmanns erste Novelle. Sie wurde 1887 in der Zeitschrift ›Siegfried‹ gedruckt, aber erst 1922 wiederentdeckt und 1923 in einer bibliophilen Ausgabe für die Mitglieder der Maximilians-Gesellschaft selbständig veröffentlicht.

Zur Edition. Alfred Kubin illustrierte zwei Erzählungen Hauptmanns für den Berliner S. Fischer Verlag. 1925 erschien ›Fasching‹ in der Reihe ›Fischers illustrierte Bücher‹ und 1934 ›Das Meerwunder‹. Für ›Fasching‹ schuf Kubin zwei motivgleiche, aber in unterschiedlicher Technik gefertigte Serien. Als Studien zu einer Vorzugsausgabe entstanden, erschienen 12 Illustrationen in Strichätzung in der Normalausgabe; die Vorzugsausgabe in 450 numerierten und signierten Exemplaren brachte 12 Originallithographien.

Die vorliegende Ausgabe in der ›dtv bibliothek kubin‹ ist die erste Neuausgabe seit 1925 und enthält die Lithographien der großformatigen Vorzugsausgabe, verkleinert wiedergegeben. Die ursprünglich dreifarbige Deckelzeichnung ist auf Seite 5 abgebildet. Der Text folgt Band 5 der Centenar-Ausgabe zum 100. Geburtstag Gerhart Hauptmanns (›Sämtliche Werke‹, 1962 ff.).

dtv bibliothek kubin

Die schönsten illustrierten Bücher des genialen Zeichners, erstmals in einer eigenständigen Sammlung

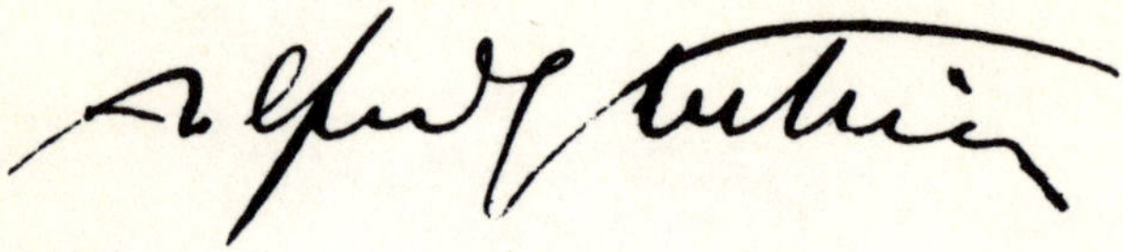

Gottfried August Bürger:
Münchhausen
Mit 12 Zeichnungen von A. Kubin
dtv bibliothek kubin 2400

Jean Paul:
Die wunderbare Gesellschaft
Mit 27 Zeichnungen von A. Kubin
dtv bibliothek kubin 2401

Gérard de Nerval:
Aurelia
Mit 57 Zeichnungen von A. Kubin
dtv bibliothek kubin 2402

Hans Christian Andersen:
Drei Märchen
Mit 32 Zeichnungen von A. Kubin
dtv bibliothek kubin 2403

Otto Julius Bierbaum:
Samalio Pardulus
Mit 20 Zeichnungen von A. Kubin
dtv bibliothek kubin 2404

Edgar Allan Poe:
Der Goldkäfer
Mit 13 Zeichnungen von A. Kubin
dtv bibliothek kubin 2405

Fjodor M. Dostojewskij:
Der Doppelgänger
Mit 61 Zeichnungen von A. Kubin
dtv bibliothek kubin 2406

E. T. A. Hoffmann:
Zwei Nachtstücke
Mit 20 Zeichnungen von A. Kubin
dtv bibliothek kubin 2407

Carl Orff:
Astutuli
Mit 9 Zeichnungen von A. Kubin
dtv bibliothek kubin 2408

Gerhart Hauptmann:
Fasching
Mit 13 Zeichnungen von A. Kubin
dtv bibliothek kubin 2409

Voltaire:
Candide
Mit 28 Zeichnungen von A. Kubin
dtv bibliothek kubin 2410

Ernst Jünger:
Myrdun. Briefe aus Norwegen
Mit 14 Zeichnungen von A. Kubin
dtv bibliothek 2411